Die Bienen

von

Teresa Zabori

Die Neue Brehm-Bücherei

Inhaltsverzeichnis

Viele Blüten locken Bienen an – so wie diese Sonnenblume hier.

Warum ein Buch über Bienen?

Eine Biene kennst du sicher schon: die Honigbiene. Sie stellt den süßen Honig her. Doch wusstest du auch, dass es noch viele andere Bienenarten gibt? Manche von ihnen sind winzig klein und sehen den Fliegen zum Verwechseln ähnlich. Andere hingegen sind richtig dicke Brummer!
Auf den nächsten Seiten erfährst du mehr über die Bienen – und warum sie für unser Leben auf der Erde so unglaublich wichtig sind.

Diese Biene ruht sich gerade in einer Blüte aus.

Dieses Buch nimmt dich mit in die spannende Welt der Bienen. Es zeigt dir,

- wo du die Bienen beobachten kannst – und wie,
- welche Arten es gibt,
- wie die Bienen ihre Nester bauen,
- dass Pflanzen und Menschen sie dringend brauchen,
- wie du die Bienen schützen kannst.

Und das ist natürlich noch längst nichts alles! Viel Spaß beim Lesen, Schauen und Entdecken.

In Deutschland leben etwa 570 verschiedene Bienenarten. Einige von ihnen lernst du in diesem Buch näher kennen – so wie diese Gehörnte Mauerbiene hier.

Steckbrief – Beispiel: die Westliche Honigbiene

Beschreibung:

- so groß wie ein Gummibärchen
- trägt einen gelb-braunen Pelz
- hat dunkelbraune und hellbraune Streifen am Hinterleib

Wohnort:

- im Bienenstock

Besondere Fähigkeiten:

- hilft vielen Pflanzen, sich zu vermehren
- kann Licht sehen, das für uns unsichtbar ist
- düst mit bis zu 30 km/h durch die Lüfte

Lebensweise:

- lebt in einem großen Volk – zusammen mit so vielen Bienen wie Menschen in einer Kleinstadt
- stellt Honig her
- baut aus Wachs 6-eckige Wabenzellen
- zeigt den anderen Bienen durch Tänze, wo sie Blüten finden

Jeden Tag besucht die Honigbiene etwa 300 Blüten. Ganz schön fleißig, oder?

Wie du dich in diesem Buch zurechtfindest

Im **Haupttext** stehen interessante und ausführliche Informationen über die Lebensweise der Bienen und was sie besonders gut können. Du kannst diesen Text selber lesen oder ihn dir vorlesen lassen.

Das **Symbol „Tipp“** gibt dir Hinweise auf spannende Dinge zum Thema Bienen, die du unternehmen oder die du hinten im Buch nachlesen kannst.

Zu allen wichtigen Informationen findest du tolle **Fotos und Zeichnungen**, die dir dabei helfen, das Gelesene besser zu verstehen.

Wenn du es ganz genau wissen willst, findest du in der Randspalte mit dem **Symbol „Wissen“** weitere Informationen. Diese Informationen sind manchmal nicht einfach zu verstehen. Bitte doch jemanden, diese Texte mit dir gemeinsam zu lesen und mit dir darüber zu sprechen.

Die Honigbiene – ein Nutztier des Menschen

Bienenwachs

Aus Bienenwachs werden auch heute noch Kerzen hergestellt. Außerdem ist das Wachs eine Zutat für viele andere Produkte. Zum Beispiel für Cremes, Seifen und medizinischen Salben. Und auch Gummibärchen sind oft mit einer hauchdünnen Schicht aus Wachs überzogen!

Andere Produkte

Manchmal werden auch andere Dinge von Bienen verkauft, zum Beispiel:

- Pollen
- Futtersaft der Königinnen
- Harz von den Bienen

NBB Tipp

Honig ist ein altes Heilmittel und lindert Entzündungen. Wenn du Halsschmerzen hast, probiere warme Milch oder Kräutertee mit etwas Honig aus. Der Honig wirkt nicht nur gegen die Bakterien, sondern legt sich auch wie ein Film über die schmerzenden Stellen. Doch Achtung: Die Getränke dürfen wirklich nur warm und nicht heiß sein. Denn bei Hitze werden die heilsamen Stoffe im Honig zerstört.

Dieser Honig kommt aus Deutschland.

NBB Wissen

Qualitätssiegel
Ehe du ein Glas Honig kaufst, wirf einen Blick auf das Etikett: Wo kommt der Honig hier? Mit dem Kauf von deutschem Honig unterstützt du die Imkerinnen und Imker in Deutschland. Ein Bio- oder Fair-Trade-Zeichen zeigt dir, dass der Honig möglichst umweltfreundlich hergestellt und fair gehandelt wurde. Honig aus Nicht-EU-Ländern solltest du besser im Regal stehen lassen, denn meistens kommt er von weit her. Für das Klima und die Umwelt ist es besser, wenn du Honig von einer Imkerei kaufst, die in deiner Nähe liegt.

57

Mit wem sind Bienen verwandt?

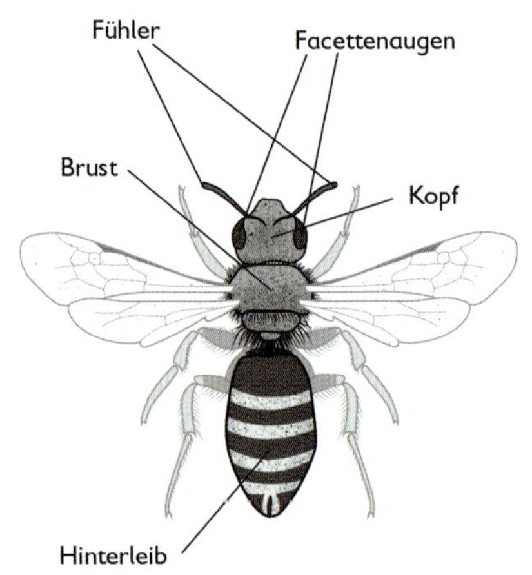

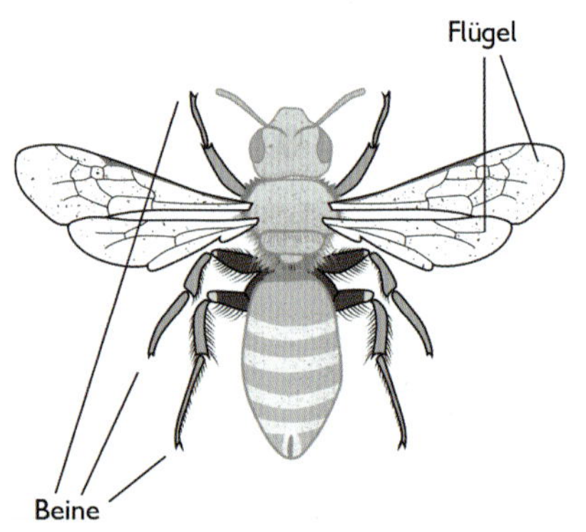

Bienen sind Insekten

Von Insekten gibt es unglaublich viele Arten – mehr als bei allen anderen Tierarten zusammen. Sie sehen ganz unterschiedlich aus. Doch ein paar Merkmale gibt es, an denen du erkennst, dass ein Tier ein Insekt ist:

- Es hat 6 Beine.
- Der Körper ist in 3 Teile geteilt: Kopf, Brust, Hinterleib.
- Am Kopf sitzen 2 Fühler und 2 Facettenaugen (➜ Seite 32).
- Es hat 4 Flügel. Es gibt aber 2 Ausnahmen: Fliegen und Mücken haben nur 2 Flügel.
- Die Flügel und Beine befinden sich an der Brust.

Insekten bei uns in Deutschland sind meist recht klein. Wenn du sie beobachtest, kannst du sie in 3 Gruppen einteilen:

- die mit festen Flügeln – dazu gehören die Käfer,
- die mit feinen farbigen Flügeln – die Schmetterlinge gehören in diese Gruppe,
- die mit durchsichtigen Flügeln, zart wie Haut (➜ Seite 13) – zu ihnen gehören die Bienen.

Über 1 Million verschiedene Insektenarten krabbeln, fliegen und summen über unsere Erde. Auch auf dieser Wiese hier wimmelt es nur so von Insekten. Welche von ihnen sehen aus wie Bienen?

Siehst du den gelben Klumpen am Hinterbein? Er zeigt dir: Dieses Tier ist eine Biene. Der Klumpen besteht aus winzigen Pollenkörnchen aus den Blüten, die diese Biene an den Hinterbeinen sammelt.

Klarer Fall: Das hier ist eine Wespe. Denn Bienen interessieren sich nicht für Wurst oder Fleisch.

Biene oder Wespe?

Am besten kannst du Bienen von Wespen unterscheiden, wenn du ihr Verhalten genau beobachtest: Bienen verbringen viel Zeit auf Blüten. Dort trinken sie Nektar und sammeln Pollen (→ Seite 17) für den Nachwuchs. Wespen besuchen zwar auch die Blüten, sie sammeln dort aber keinen Pollen. Stattdessen jagen sie Insekten. Wurst und Steaks, aber auch Eis oder Limo locken Wespen stark an.
Auch Schwebfliegen sehen den Bienen ähnlich. Sie schweben oft an einer Stelle in der Luft, um dann ganz plötzlich loszuflitzen.

Hier siehst du eine Wespe. Bei vielen Wespen ist der Körper knallgelb und schwarz gefärbt. Anders als die meisten Bienen sind Wespen nur sehr spärlich behaart. Ihre schlanke „Wespentaille" ist gut zu erkennen.

Bei den meisten Bienen ist der Körper etwas dunkler und mit einem Pelz aus feinen Haaren überzogen, so wie bei dieser Rostroten Mauerbiene. Dadurch wirken Bienen etwas pummeliger als die schlanken Wespen.

Das hier ist eine Schwebfliege. Ihre Augen sind viel größer als die der Biene und sie hat winzige Fühler. Und es gibt noch einen Unterschied, den die Fotos nicht zeigen: Schwebfliegen besitzen nur 2 Flügel, Bienen und Wespen haben 4 Flügel.

Der Bienenwolf ist eine der bekanntesten Grabwespen bei uns. Auf den Blüten lauert er Honigbienen auf, die er mit einem Stich betäubt. Anschließend bringt er die Bienen als Futtervorrat für die Larven in sein Nest (Larven → Seite 47).

Die Vorfahren der Bienen: Grabwespen

Bienen und Wespen haben gemeinsame Vorfahren: die Grabwespen.

Grabwespen gibt es auch noch heute. Sie graben ihre Nester in die Erde. Dort legen sie ihre Eier ab und dazu ein totes Insekt.

Das Insekt ist das Futter für den Nachwuchs, der aus den Eiern schlüpft.

Genauso machen es auch viele Bienen noch – jedoch mit einem Unterschied: Bienen-Mütter legen für ihren Nachwuchs ein Gemisch aus Pollen und Nektar ins Nest (→ Seiten 17 und 49).

Weitere Verwandte: Ameisen

Auf den ersten Blick sehen Ameisen ganz anders aus als Bienen, oder?
Doch tatsächlich sind sie auch sehr nahe Verwandte der Bienen.
Ameisen leben in großen Völkern zusammen – ganz ähnlich wie die Honigbienen.

Schau dir die Ameise genau an: Kannst du Gemeinsamkeiten mit einer Biene entdecken?

NBB Wissen

Verwandtschaftsbeziehungen

Es gibt so viele unterschiedliche Insektenarten, dass man leicht den Überblick verliert.
Da ist es praktisch, dass Insektenarten, die eng miteinander verwandt sind und gleiche Merkmale besitzen, in Gruppen zusammengefasst werden.
Hier siehst du, zu welchen gemeinsamen Gruppen Bienen, Ameisen, Grabwespen und Faltenwespen gehören.

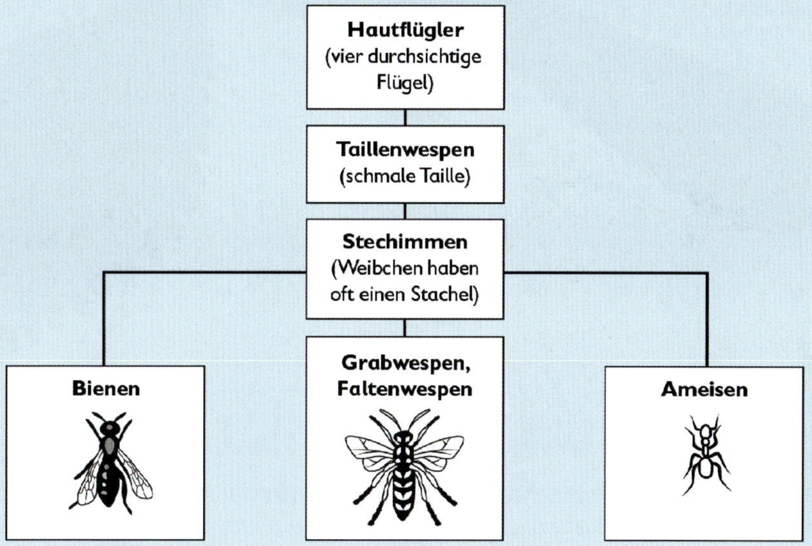

Hautflügler (vier durchsichtige Flügel)

Taillenwespen (schmale Taille)

Stechimmen (Weibchen haben oft einen Stachel)

Bienen | **Grabwespen, Faltenwespen** | **Ameisen**

Wo können Bienen leben?

Die ersten Bienen summten schon den Dinosauriern in der Kreidezeit um die Nasen. Seitdem haben sich die Bienen, aber auch die Blütenpflanzen, ständig verändert und weiterentwickelt. Viele Arten, die es früher gab, sind heute ausgestorben.

Bienen in der Dino-Zeit

Die ersten Bienen tauchten schon zur Zeit der Dinosaurier auf: vor ungefähr 125 Millionen Jahren in der Kreidezeit.
Auf der Erde herrschte damals ein feucht-warmes Klima und es wuchsen riesige Farne, Ginkos und Nadelbäume.
Zur gleichen Zeit wie die Bienen kamen die ersten Pflanzen auf, die Blüten haben.
Das war der Beginn einer engen Wechselbeziehung: Die Blüten boten den Bienen Nahrung, dafür halfen die Bienen den Pflanzen, sich zu vermehren (➜ Seite 38).

Wo leben Bienen auf der Welt?

Bienen leben fast überall auf der Erde. Nur in den Ozeanen, in den eisig-kalten Gebieten der Antarktis sowie auf sehr hohen Bergen kommen sie nicht vor. Die meisten Bienenarten findet man in warmen und trockenen Gebieten. In der Karte sind diese Regionen rot eingefärbt. Dazu zählen zum Beispiel die Länder am Mittelmeer und Gebiete in Asien, Nord- und Südamerika, Südafrika und in Teilen von Australien.

In Deutschland sind die Sommer oft warm und die Winter mild. Ein tolles Klima für viele Bienen!

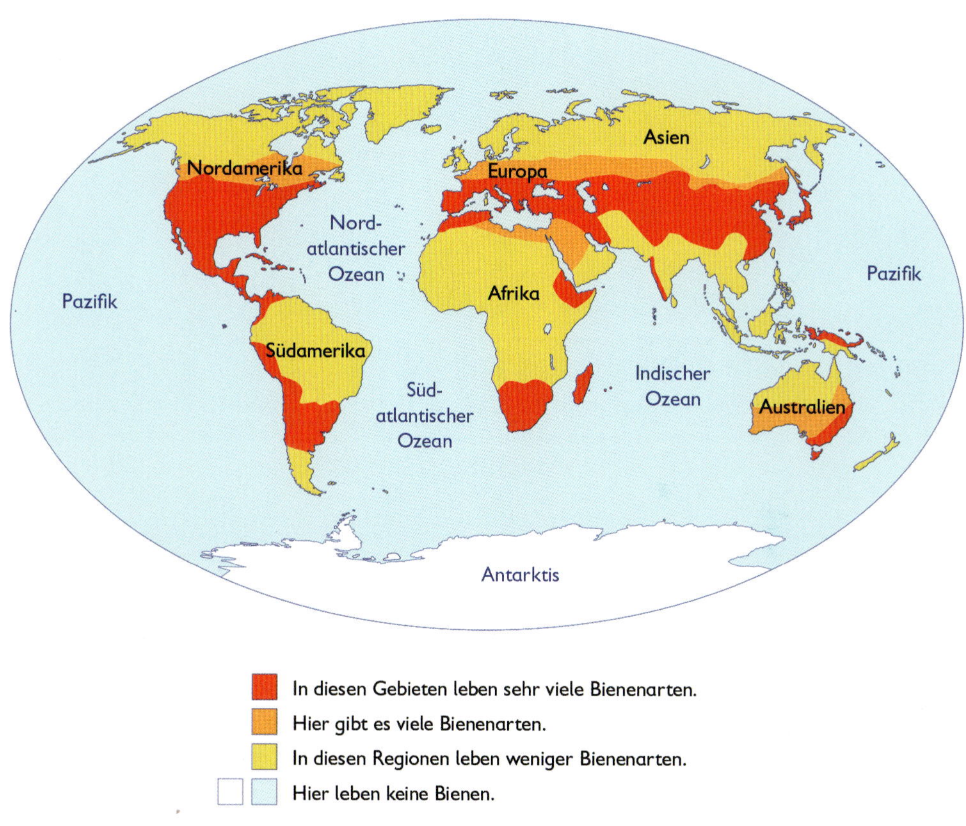

Dieser Garten ist ein richtiges Bienen-Paradies. Die bunten Blüten bieten Nektar und Pollen für viele verschiedene Bienenarten. Und in den Ritzen der Mauer und der alten Holzbank kann so manche Biene ihr Nest bauen.

Was brauchen Bienen zum Leben?

Die Körpertemperatur der Bienen wird von der Temperatur der Umgebung bestimmt. Erst wenn es warm genug ist, werden die Bienen munter und aktiv. Kommt dann noch die Sonne hervor, fliegen sie los: In den Blüten suchen sie Nektar und Pollen. Und sie suchen einen geeigneten Platz zum Nisten, zum Beispiel in Ritzen von Mauern und in altem Holz. Viele Bienen benötigen für ihre Nester auch ganz spezielle Baumaterialien wie feuchte Erde, Lehm oder Blätter.

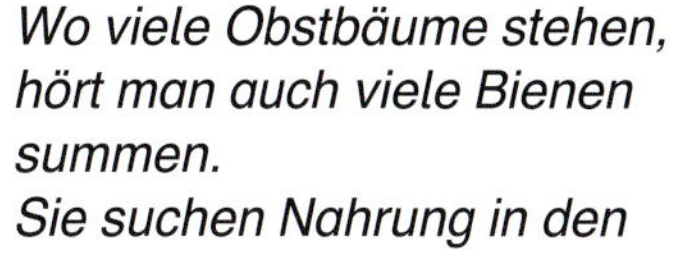

*Wo viele Obstbäume stehen, hört man auch viele Bienen summen.
Sie suchen Nahrung in den Blüten.*

Auch Pflanzen am Ufer von Bächen und Seen locken die Bienen mit ihren Blüten an – so, wie dieser Blutweiderich hier.

Speisekarte der Bienen

Nektar ist der süße Saft der Blüten. Er enthält sehr viel Zucker und versorgt Bienen mit Energie zum Fliegen. Nektar löscht auch den Durst der Bienen. Besonders wenn es heiß ist, trinken Bienen aber auch **Wasser**.
Pollen sind kleine Körner, die in der Mitte vieler Blüten sitzen. Sie enthalten viel Eiweiß und sind die Hauptnahrung der Bienenlarven (→ Seite 47).
Manchen Bienen sammeln auch die **Öle aus den Blüten** oder **Honigtau**. Honigtau ist ein süßer, klebriger Saft, den Pflanzenläuse (→ Seite 53) ausscheiden.

Lebensraum der Bienen

Wer summt denn da?

Dünensteppen-Biene

Jatai-Biene

Dunkle Erdhummel

Blauschwarze Holzbiene

Viele kleine und große Summer

Bei Bienen denkst du sicher sofort an unsere Honigbiene. Doch sie ist nur eine einzige von vielen tausend Bienenarten auf der Erde!
Die vielen Bienenarten sehen ganz unterschiedlich aus: Manche sind winzig klein und ähneln Fliegen oder Ameisen. Andere sehen aus wie dicke Käfer. Mit lautem Gebrumm sausen sie durch die Lüfte.

Dünensteppen-Biene

Die Dünensteppen-Biene ist so winzig, dass du sie kaum mit bloßem Auge erkennen kannst.

Mit ihren 4 Millimetern ist sie so klein wie ein Reiskorn. Diese Biene gräbt ihre Nistgänge in den Sand. In Deutschland kommt sie nur selten vor, aber in Südeuropa und Zentralasien ist sie weit verbreitet (→ Seite 15).

Jatai-Biene

Diese exotisch schillernde Biene bekommst du bei uns nicht zu Gesicht: Sie lebt in Brasilien, das liegt in Südamerika (→ Seite 15). Die Jatai-Biene besitzt keinen Stachel. Bienen ohne Stachel leben nur in Regionen der Erde, wo es das ganze Jahr über heiß und feucht ist.

Dunkle Erdhummel

Auch Hummeln sind Bienen! Sie sind pummelig und dicht behaart. Deshalb frieren sie auch nicht so schnell. Schon bei Temperaturen wie im Kühlschrank verlassen sie das Nest und fliegen auf Futtersuche.

Blauschwarze Holzbiene

Die Blauschwarze Holzbiene ist die größte Biene in Deutschland. Sie wird so lang wie ein Lego-Stein und mag es gerne richtig schön warm. Ihre Nester baut sie in altem, totem Holz.

Im Flug lassen sich Bienen kaum genau betrachten – dazu sind sie einfach viel zu schnell unterwegs. Am besten kannst du dir eine Biene anschauen, wenn sie auf einer Blüte sitzt.
Bleib dabei ganz ruhig: Versuche, dich möglichst nicht zu bewegen. Vielleicht gelingt es dir sogar, mit dem Handy ein Foto zu schießen oder ein kurzes Video zu drehen? Tipps, wie du eine Biene am besten beobachten kannst, findest du auf → Seite 62.

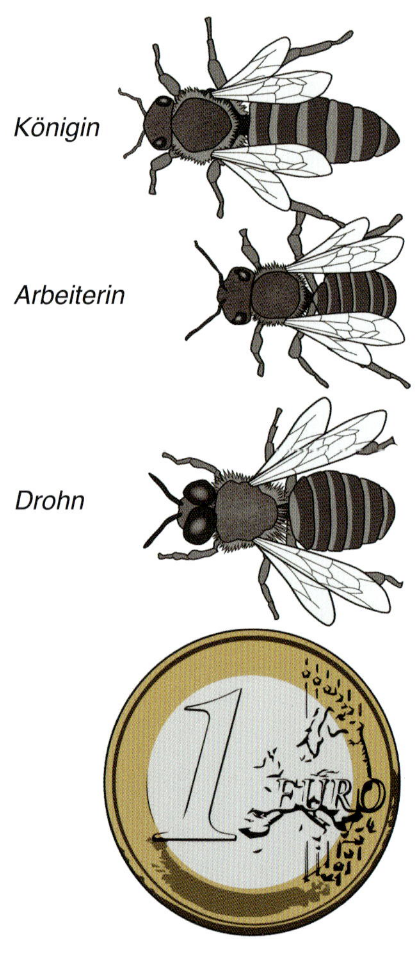

Honigbienen

Honigbienen leben in riesigen Völkern zusammen. Bis zu 60 000 Tiere können im Sommer ein Volk bilden und gemeinsam in einem Bienenstock wohnen. Das sind so viele, wie Menschen in ein großes Stadion passen!
Auf den ersten Blick herrscht dort ein chaotisches Gewusel. Doch dieser Eindruck täuscht: Jede Biene weiß ganz genau, was sie zu tun hat, und erledigt zielstrebig ihre Aufgaben.
In jedem Bienenvolk gibt es eine Bienenkönigin. Sie legt die Eier, aus denen alle anderen Bienen schlüpfen.

Die Arbeiterinnen haben viel zu tun: Sie versorgen mit der Königin den Bienen-Nachwuchs und bewachen und putzen den Bienenstock.
Außerdem fliegen sie aus, um in den Blüten Nektar und Pollen zu sammeln. Aus dem Nektar machen sie Honig. Mit dem Pollen füttern sie die Larven.
Die männlichen Bienen heißen Drohnen.
Drohnen fliegen 1–2 Wochen nach dem Schlüpfen aus dem Bienenstock. In großen Gruppen warten sie auf eine andere Bienenkönigin, um sich mit ihr zu paaren (➜ Seite 46).

Bei uns in Deutschland lebt nur eine einzige Honigbienenart: die Westliche Honigbiene.
Die Wissenschaftlerinnen und Wissenschaftler nennen die Westliche Honigbiene auch *Apis mellifera*.
Diese Art wurde vom Menschen gezüchtet und ist auf allen Kontinenten außer der Antarktis (➔ Seite 15) verbreitet.
In Asien gibt es 8 weitere Arten von Honigbienen.
Sie alle leben in Völkern zusammen und bauen Waben aus Wachs, wo sie ihre Vorräte einlagern und die Larven heranwachsen (➔ Seite 47).

Honigbienen lagern den Nektar und den Pollen aus den Blüten in Zellen aus Wachs ein. Mit der Zeit wird der Nektar zu Honig.
Damit die Menschen den Honig und das Wachs der Bienen ernten können, halten sie die Honigbienen in Kästen (➔ Seite 51).

Blattschneider-bienen bauen ihre Nester mit Blättern.

Völlig harmlos: die Bienenmännchen. Denn sie besitzen gar keinen Stachel!

Wildbienen

Wildbienen stellen keinen Honig für uns her und werden meist nicht vom Menschen gehalten. Sie sind die wild lebenden Verwandten der Honigbienen. Anders als Honigbienen leben die meisten Wildbienen alleine, also in keinem großen Volk. Bei vielen Arten baut jedes Wildbienen-Weibchen sein eigenes Nest, in das es die Eier legt. Das Leben der Wildbienen-Männchen ist recht kurz: Sie sterben gleich, nachdem sie sich mit den Weibchen gepaart haben.

Die meisten Wildbienen haben kein Volk, das sie mit einem Stachel verteidigen müssen. Deshalb musst du dich vor ihnen gar nicht fürchten. Ihr Stachel ist außerdem so weich, dass er kaum durch unsere Haut hindurchpiksen kann.

Hier hält ein Wollbienen-Männchen ein Nickerchen.

An dieser Nisthilfe ist ganz schön was los! Fast könnte man denken, dass diese Wildbienen wie Honigbienen zusammenleben würden. Das tun sie aber nicht! Jedes Weibchen legt in den Nistgängen sein eigenes Nest an.

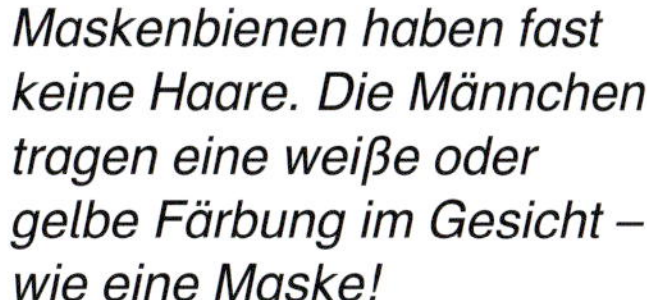

Maskenbienen haben fast keine Haare. Die Männchen tragen eine weiße oder gelbe Färbung im Gesicht – wie eine Maske!

Gehörnte Mauerbienen legen ihre Eier gerne auch in hohle Röhrchen wie diese hier. Die Öffnung sollte 8–9 Millimeter groß sein. Hast du Lust, eine Nisthilfe für diese Bienen zu bauen? Eine Anleitung findest du auf → Seite 66.

Gehörnte Mauerbienen

Gehörnte Mauerbienen gehören zu den ersten Wildbienen im Jahr, die du bei uns beobachten kannst.

Im Februar oder März kriechen zuerst die Männchen aus ihren Nistgängen. Die Weibchen folgen ein paar Tage später. Ihre Nester bauen sie häufig in die Ritzen von Fensterrahmen oder Hauswänden oder Mauern.

Kopf und Brust der Gehörnten Mauerbienen sind schwarz, der Hinterleib schimmert fuchsrot. Wie bei fast allen Bienen sind die Weibchen etwas größer als die Männchen.

Hier siehst du zwei Gehörnte Mauerbienen bei der Paarung (→ Seite 46). Wo ist das Weibchen, wo das Männchen?

Am Kopf der Weibchen sitzen in den Haaren versteckt zwei kleine Hörnchen – daher ihr Name. Das Gesicht der Männchen ist mit einem Flaum aus weißen Haaren überzogen.

Pelzige Brummer: Hummeln

Oft erkennst du sie schon an ihrem tiefen Gebrumm: Hummeln sind etwas größer und dicker als viele andere Bienenarten. Sie haben am ganzen Körper einen dichten Pelz.

Auch Hummeln gehören zu den Wildbienen. Anders als viele Wildbienen leben sie aber in großen Völkern zusammen, ähnlich wie die Honigbienen. Allerdings sind diese Völker viel kleiner. In einem Hummelvolk leben nicht viele Tausend, sondern nur einige Hundert Tiere.

Die Hummeln bauen ihre Nester an einem geschützten Platz, zum Beispiel in einem Steinhaufen oder unter der Erde. Genau wie bei den Honigbienen gibt es in jedem Hummelvolk eine Königin, die alle Eier legt. Alle anderen Aufgaben erledigen die vielen Arbeiterinnen: Sie sammeln Nektar und Pollen in den Blüten, bauen das Nest weiter aus und füttern den Nachwuchs.

Die Hummel-Männchen bleiben nur kurze Zeit im Nest. Schon bald fliegen sie los, um sich mit einer anderen Hummelkönigin zu paaren (→ Seite 46).

Über 40 verschiedene Hummelarten gibt es in Deutschland. Untereinander sind sie nur schwer voneinander zu unterscheiden. Aber von anderen Bienenarten schon, denn ihr Körper ist viel runder und pummeliger! Schau dir dazu die Gehörnte Mauerbiene auf der linken Seite an.

Die Bienen im Jahreslauf

Wie alt wird eine Biene?
Das Leben einer Biene ist im Vergleich mit unserem recht kurz: Auch wenn sie nicht von einem Vogel oder einem anderen Tier verspeist wird, wird sie nur wenige Wochen oder Monate alt.
Arbeiterinnen der Honigbiene leben im Sommer ungefähr 6 Wochen (im Winter länger), Weibchen der Rostroten Mauerbiene 5–11 Wochen. Die Männchen sterben meist noch viel früher.
Deutlich älter werden die Königinnen: Eine Hummelkönigin lebt etwa 1 Jahr, eine Honigbienenkönigin sogar bis zu 5 Jahre!

Wann summt welche Biene durch die Luft?

Bienen kannst du vom Frühjahr bis in den Herbst hinein bei uns beobachten.
Einige Arten, wie zum Beispiel die Honigbiene, sind in dieser ganzen Zeit unterwegs.
Doch die meisten Bienenarten haben eine ganz spezielle Flugzeit. Deshalb bekommst du sie nur wenige Wochen im Jahr zu Gesicht.

Wenn du den ganzen Sommer über Honigbienen und Hummeln in den Blüten siehst, dann sind das nicht die gleichen Bienen! Vielmehr schlüpfen immer wieder neue Bienen aus den Nestern nach.

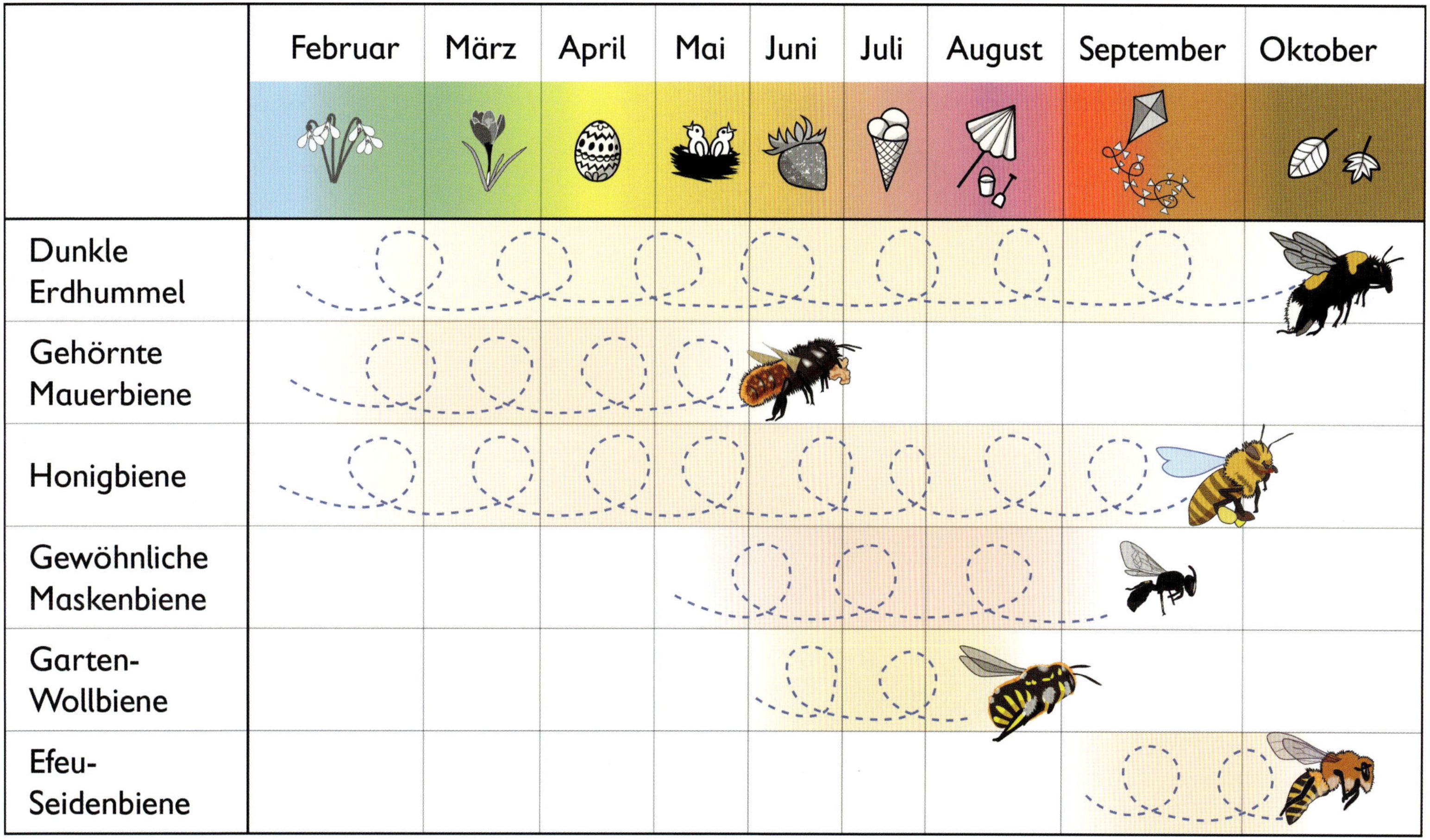

	Februar	März	April	Mai	Juni	Juli	August	September	Oktober
Dunkle Erdhummel									
Gehörnte Mauerbiene									
Honigbiene									
Gewöhnliche Maskenbiene									
Garten-Wollbiene									
Efeu-Seidenbiene									

Ein Jahr mit den Honigbienen

März/April
Sobald es warm wird und die ersten Pflanzen blühen, fliegen die Arbeiterinnen aus, um in den Blüten Nektar und Pollen zu sammeln.
Die Bienenkönigin legt nun fleißig Eier (→ Seite 46).

Mai bis Juli
Langsam wird es eng im Bienenstock. Oft wächst nun eine neue Königin heran. Die alte Königin verlässt mit einem großen Schwarm von Arbeiterinnen den Bienenstock. Ab jetzt legt die neue Königin die Eier.

Oktober bis Februar
Den ganzen Winter über bleiben Honigbienen im Bienenstock.
Die Arbeiterinnen bilden eine große Traube um die Königin und wärmen sie. Bekommen sie Hunger, naschen sie vom Honig.

August bis September
Das Bienenvolk bereitet sich auf den Winter vor.
Die Arbeiterinnen sammeln nun besonders viel Nektar und verarbeiten ihn zu Honig.

Nur für einen Sommer: die Völker der Hummeln

Das Hummel-Jahr beginnt im Frühling. Sobald es wärmer wird, kriecht die Hummelkönigin aus ihrem Winterquartier. Hungrig trinkt sie den Nektar der ersten Blüten. Dann baut sie ein Nest und beginnt, Eier zu legen. Zunächst entwickeln sich nur Arbeiterinnen. Später im Sommer auch Männchen und neue Königinnen. Spätestens im Herbst geht das Hummelvolk zugrunde. Nur neu geschlüpfte Königinnen überleben: Sie vergraben sich in der Erde und überdauern dort den Winter.

Im Frühling beginnt der Kreislauf von Neuem. Vielleicht hast du im Februar oder März schon einmal eine besonders dicke Hummel gesehen? Das war bestimmt eine Königin, die gerade aus der Winterruhe erwacht ist.

Manchmal finden die Hummelköniginnen im Frühjahr nicht genug Nahrung. Wenn du eine erschöpfte Hummel am Boden entdeckst, kannst du ihr ganz einfach helfen. Rühre ein wenig Zucker in lauwarmes Wasser und biete der Hummel davon einen Teelöffel an. Du wirst sehen: Das Zuckerwasser lässt sie ganz schnell wieder zu neuen Kräften kommen!

Krokusse und andere Frühblüher sind für Hummeln und viele andere Bienen die erste Mahlzeit im Jahr.

Wunderwerk Bienenkörper

So sieht die Ringelblume für uns Menschen aus.

Und so könnte die Ringelblume für Bienen aussehen. Das vermuten Wissenschaftlerinnen und Wissenschaftler – ganz genau wissen sie es jedoch nicht.

Rundumblick mit Facettenaugen

Bienen haben nicht nur 2 Augen wie wir Menschen, sondern gleich 5:
2 große Facettenaugen und
3 kleine Punktaugen.
Die Facettenaugen bestehen aus mehreren tausend einzelnen Augen. Dadurch haben Bienen einen tollen Rundumblick: Sie können damit in alle Richtungen gleichzeitig gucken!
Mit den Punktaugen können die Bienen hell und dunkel unterscheiden. Teilweise sehen Bienen auch ganz andere Farben als wir Menschen.

Rot können sie nicht erkennen, dafür aber Licht, das für uns unsichtbar ist. Dieses Licht heißt ultraviolett. Viele Blüten sind mit Mustern in ultravioletter Farbe überzogen. Diese locken die Bienen an und zeigen ihnen, wo der Nektar sitzt. Für Menschen sind diese Muster unsichtbar!

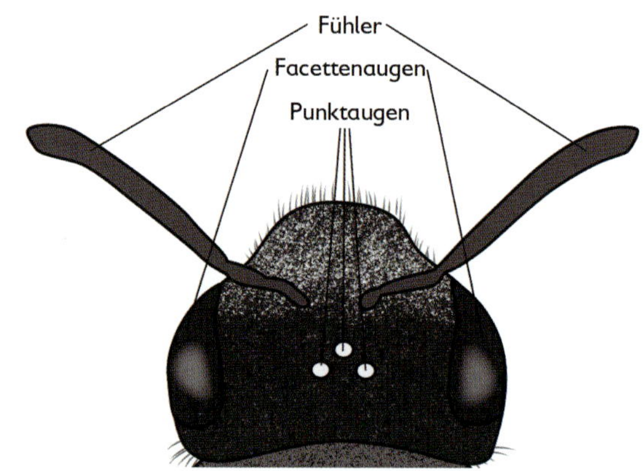

Riechen, schmecken und tasten mit den Fühlern

Die Blüten locken die Bienen auch mit ihrem süßen Duft an. Der Geruchssinn der Bienen steckt in den Fühlern und ist viel besser als der von Menschen. Selbst mitten im Flug nehmen Bienen allerfeinste Duftspuren ganz genau wahr.

Mit den Fühlern können Bienen nicht nur riechen, sondern auch richtig gut tasten und schmecken. Und nicht nur das: Bienen nutzen die Fühler auch, um die Temperatur, die Feuchtigkeit und sogar ihre Fluggeschwindigkeit zu messen!

Tritt die Biene auf eine besonders süße Stelle, fährt sie reflexartig den Rüssel aus und beginnt, den Nektar zu trinken. Denn an den beiden Vorderfüßen sitzen winzige Geschmackszellen. Sie verraten der Biene, wie der Nektar schmeckt.

Wie transportiert die Honigbiene den Pollen?

Und wo sammelt die Rostrote Mauerbiene den Pollen?

Wie sammeln Bienen den Pollen?

Die Bienenlarven in den Nestern brauchen eine große Portion Pollen, um heranzuwachsen. Den Pollen holen die Bienen-Weibchen aus den Blüten.
Viele Bienen wie Mauerbienen und Blattschneiderbienen nutzen dafür ihre Bauchbürste. Diese besteht aus langen, steifen Härchen, die an ihrem Bauch sitzen. Wenn die Bienen über eine Blüte krabbeln, bleibt der Pollen an der Bauchbürste kleben.

Andere Bienen wie Hummeln und Honigbienen sammeln den Pollen am ganzen Körper. Mit ihren Beinen kämmen sie ihn dann in die Pollenkörbchen. Das sind lange Borsten an den Hinterbeinen. Mit etwas Nektar vermischt bildet der Pollen dort große Klumpen.
Manche Bienen, zum Beispiel die Maskenbienen, besitzen zu wenig Haare, um den Pollen zu transportieren. Sie verschlucken ihn deshalb und spucken ihn im Nest wieder aus.

Die Honigblase

Den Nektar trinken die Bienen mit ihrem Rüssel. Über die Speiseröhre rutscht er in die Honigblase. Dort wird der Nektar mit Stoffen aus dem Körper der Biene vermischt. Bienen können den Nektar aus der Honigblase auch wieder ausspucken. Honigbienen lagern den Nektar in Wabenzellen ein (→ Seite 53). Wildbienen verarbeiten ihn mit dem Pollen zu einem Pollenbrei für die Larven (→ Seite 47). Hummeln lagern den Nektar in kleinen Töpfen aus Wachs. Das ist ihr Vorrat für Schlechtwettertage.

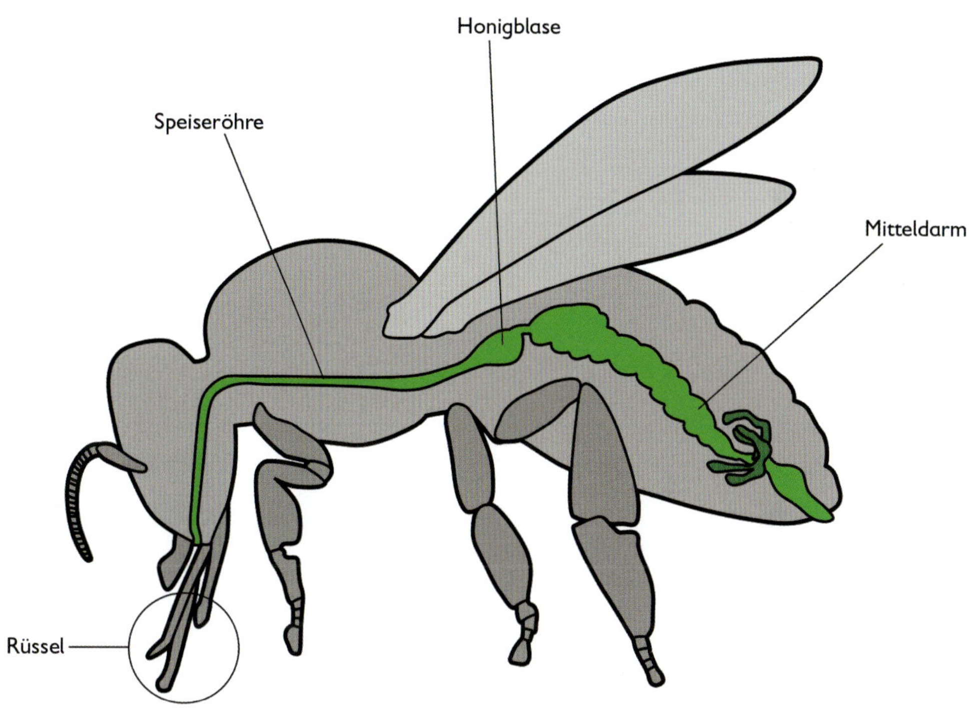

Die Honigblase ist ein Teil des Verdauungssystems der Biene. Da die Biene viel Energie zum Fliegen braucht, wandert ein Teil des Nektars direkt weiter in den Mitteldarm. Dort werden die Nährstoffe verdaut und gelangen in das Blut der Biene.

Die Nahrung der Bienen

Bienen und Blüten

Viele Pflanzen können sich nicht alleine vermehren. Sie brauchen Helfer – wie zum Beispiel den Wind oder die Bienen.
Bienen tragen die Pollen von einer Blüte zur nächsten.
Dadurch werden die Blüten bestäubt. Nun können in ihnen neue Früchte wachsen.
Damit die Bienen sie besuchen, locken diese Pflanzen die Bienen mit süßem Nektar an.

Diese bunte, wilde Wiese ist ein Schlaraffenland für Bienen und viele andere Insekten!

Siehst du die vielen kleinen gelben Pollenkörnchen im Pelz der Hummel?

Ein Blick in die Blüte
Hier siehst du eine Blüte, die in der Mitte durchgeschnitten wurde.
In den Staubblättern wird der Pollen hergestellt. In ihm stecken die männlichen Erbinformationen der Pflanze.
Narbe, Griffel und Fruchtknoten bilden die weiblichen Organe der Pflanze.
Im Fruchtknoten befindet sich eine Samenanlage mit einer weiblichen Eizelle.
Damit aus der Blüte eine Frucht wachsen kann, muss sie bestäubt werden. Dazu muss ein Pollenkorn auf die klebrige Narbe gelangen.
Erst wenn von dem Pollenkorn auf der Narbe ein Pollenschlauch durch den Griffel wächst und im Fruchtknoten mit der weiblichen Eizelle verschmilzt, ist die Blüte befruchtet.

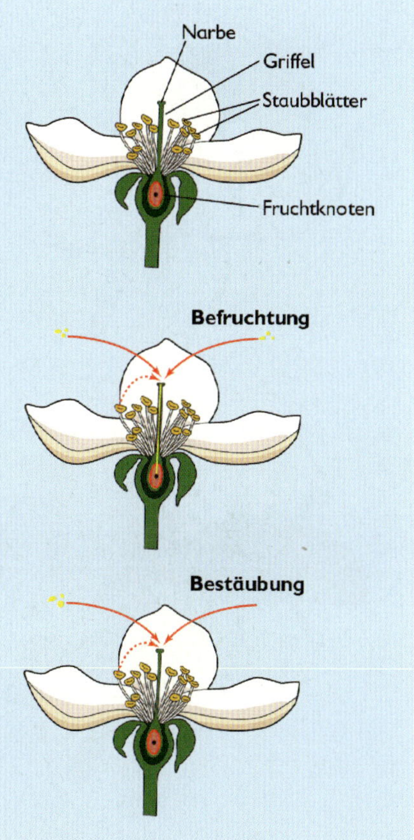

Wie bestäubt die Biene eine Blüte?

1. Diese Biene hier trinkt Nektar und sammelt Pollen in einer Blüte. Winzige Pollenkörnchen bleiben an ihrem Pelz haften.
2. Die Biene fliegt weiter zur nächsten Blüte.
3. Auf der neuen Blüte gelangen einige Pollen aus dem Pelz der Biene auf die klebrige Narbe der Blüte. Dadurch wird die Blüte bestäubt.
4. Nach einiger Zeit wachsen aus solchen Blüten neue Früchte.

Welcher Rüssel passt zu welcher Blüte?

Die meisten Bienen sammeln Pollen in den Blüten von vielen unterschiedlichen Pflanzen. Doch manche Bienenarten sind auf ganz bestimmte Pflanzen spezialisiert.
Genauso ist es beim Nektar: Nicht jede Biene kann aus jeder Blüte Nektar trinken. Denn manche Arten haben lange, andere kurze Rüssel. Bienen mit einem kurzen Rüssel kommen zum Beispiel in lang geformten Blüten nicht an den Nektar heran. Der Bienenrüssel muss zur Blüte passen.

Die Weiden-Sandbiene hat sich auf Weidenkätzchen spezialisiert. Nur hier sammelt sie den Pollen.

Bei dieser Blume ist der Blütenkelch sehr lang. Nur Bienen mit einem langen Rüssel können den Nektar tief im Inneren der Blüte erreichen.

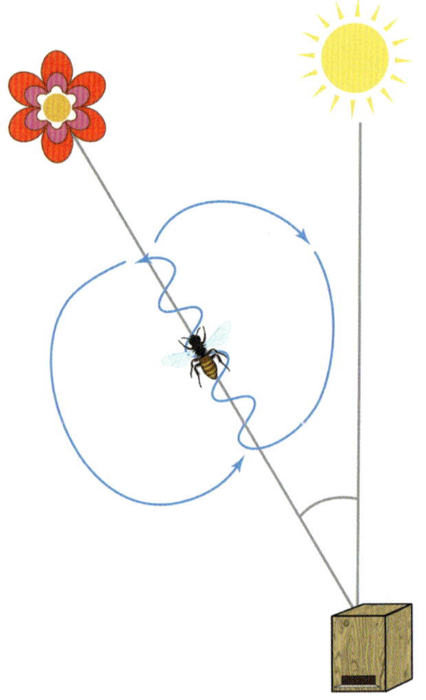

Tanzende Honigbienen

Die meisten Bienen entfernen sich bei der Suche nach ihrer Nahrung nur wenige hundert Meter von ihren Nestern. Nicht so die Honigbienen: Sie fliegen dafür recht weite Strecken von mehreren Kilometern.

Ist das Futter über hundert Meter vom Bienenstock entfernt, machen die Bienen den Schwänzeltanz. Dabei tanzen sie solch eine Figur. Auf der Mittellinie zwischen den beiden Schlaufen „schwänzeln" die Bienen, das heißt, sie wackeln mit ihrem Hinterleib. Mit dieser Linie zeigen sie die Richtung im Vergleich zum Sonnenstand an, in der sich das Futter befindet. Auch das Tempo spielt eine Rolle: Je langsamer die Bienen tanzen, desto weiter ist die Nahrung entfernt.

Um neue Blüten zu finden, schwärmen einige Bienen auf einen Erkundungsflug aus. Hat eine von ihnen eine Wiese mit vielen Blumen oder andere Blüten entdeckt, sammelt sie etwas Nektar ein und fliegt damit zum Bienenstock zurück. Dort lässt sie die anderen Bienen von dem Nektar kosten und beginnt zu tanzen. Durch den Tanz zeigt sie den anderen Bienen, wo sich die nahrhaften Blüten befinden. Diese machen die Bewegungen nach und merken sie sich. Anschließend kennen sie den Weg zur neuen Futterquelle ganz genau.

Wer ist fleißiger – die Hummel oder die Honigbiene?

Die Arbeiterin der Honigbiene
- fliegt ab Temperaturen von 12 Grad aus, um Blüten zu besuchen
- bleibt bei Regenwetter im Bienenstock
- fliegt bis zu 8 Stunden am Tag
- besucht bis zu 3 000 Blüten am Tag

Die Hummel-Arbeiterin
- fliegt ab Temperaturen von etwa 6 Grad aus, notfalls auch bei Regen
- kann in ihrem dichten Pelz mehr Pollen transportieren als die Honigbiene
- ist bis zu 18 Stunden am Tag unterwegs
- fliegt an einem Tag bis zu 5 000 Blüten an

Wenn du eine Hummel an einer Blüte siehst, schau genau hin und spitz deine Ohren! Vielleicht hörst du ein ganz hohes Summen?! Das entsteht dadurch, dass die Hummel unglaublich schnell mit ihren Flügeln schlägt. Durch die Schwingungen in der Luft wird der Pollen aus der Blüte herausgeschüttelt und landet auf dem dichten Hummelpelz.

Hummeln helfen in Gewächshäusern, Pflanzen zu bestäuben.

Viele dieser leckeren Dinge auf dem Frühstückstisch verdanken wir auch den Bienen. Was schmeckt dir am besten?

Leere Teller ohne Bienen

Viele Früchte wie Himbeeren, Pflaumen und Äpfel würde es ohne Bienen nicht geben – oder zumindest nur in viel kleineren Mengen. Denn die meisten Pflanzen brauchen die Bienen, um sich zu vermehren und mehr und größere Früchte zu tragen. Und ohne die Früchte gäbe es wiederum viele andere Lebensmittel nicht, wie zum Beispiel Marmelade oder Saft. Sie sind also ganz schön wichtig, unsere Bienen, oder?

So sähe dieser Frühstückstisch aus, wenn die Bienen nicht so viele Blüten besuchen würden.

Andere kleine tierische Helfer

Nicht nur Bienen, sondern auch viele andere Insekten helfen dabei mit, den Pollen von einer Blüte zur anderen zu tragen, damit die Pflanzen bestäubt werden und neue Früchte bilden können. So zum Beispiele Käfer, Fliegen, Schmetterlinge und sogar Ameisen.
Doch nicht nur Insekten bestäuben Blüten. In manchen Ländern übernehmen diese Aufgabe auch Fledermäuse oder Vögel.

Ein Blick ins Nest

Am Eingang zum Bienenstock ist ganz schön was los!

Das Leben im Honigbienenstock

Aus dem hellen Tageslicht fliegen die Bienen in den dunklen Bienenstock. Dort reiht sich eine 6-eckige Kammer aus Wachs direkt an die nächste. Diese Kammern heißen Zellen. Sie erfüllen verschiedene Zwecke: In einigen wächst der Bienen-Nachwuchs heran. Andere Zellen nutzen die Bienen als Vorratskammern. Dort lagern sie den Pollen als Futter für die Larven und den Nektar, der mit der Zeit zu Honig heranreift. Das ist der Wintervorrat für die Bienen.

In Bienenkästen befinden sich Rähmchen, in denen die Bienen ihre Zellen aus Wachs anlegen. Hier haben die Bienen ihr Nest erweitert und unten ein Stück angebaut.

Diese Larven (→ Seite 47) sind erst wenige Tage alt. Die Arbeitsbienen versorgen sie mit Futter.

Wie stellen die Honigbienen Wachs her?
Das Wachs produzieren die Honigbienen in ihrem Körper. In flüssiger Form schwitzen sie es aus Drüsen aus, die an der Bauchseite des Hinterleibs sitzen. An der Luft wird das Wachs fest, es bilden sich kleine Plättchen. Diese schieben die Bienen mit ihren Beinen nach vorne zum Mund und kauen sie gut durch. Mit Spucke vermischt ergibt das ein tolles Baumaterial!

Paarung, Befruchtung und Eiablage
Im Alter von 1–2 Wochen fliegt die Bienenkönigin auf Hochzeitsflug. In der Luft paart sie sich nacheinander mit mehreren Drohnen (→ Seite 22). Die Drohnen drücken im Flug ihren Hinterleib auf den Hinterleib der Königin. So übertragen sie der Königin ihre Spermien. Die Spermien fließen in die Samenblase der Königin.

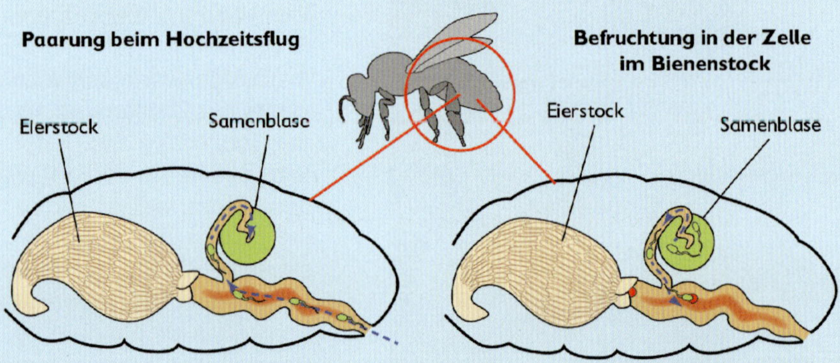

Nach der Paarung sterben die Drohnen. Die Königin fliegt zurück zum Bienenstock. Dort legt sie Eier in die Zellen. Für jedes Ei wandert eine Eizelle aus ihrem Eierstock. Die Eizelle trifft auf ein Spermium und verschmilzt mit ihm.

So entsteht ein befruchtetes Ei. Aus ihm schlüpft später eine weibliche Biene.
Wird ein Ei nicht befruchtet, entsteht daraus ein Drohn.

Die Königin im Bienenvolk

Die Königin ist die Mutter aller Bienen in ihrem Volk. Sie wird etwa 3–4 Jahre alt und bleibt fast immer im Bienenstock.
Dort hat sie nur eine Aufgabe: Eier legen! Tagaus, tagein legt sie ein Ei nach dem anderen.
Im Frühsommer sind das bis zu 2000 Stück am Tag!
Die Arbeiterinnen putzen die Königin und versorgen sie mit Nahrung. Stirbt die Königin, bauen die Arbeiterinnen sehr große Brutzellen. Darin wachsen neue Königinnen heran. Sie erhalten einen besonderen Futtersaft: Gelée Royal.

Nach 16 Tagen schlüpfen die Jungköniginnen. Sie kämpfen gegeneinander. Die Siegerin wird die neue Königin.

Die Königin ist größer als die Arbeiterinnen. Kannst du sie entdecken?

Vom Ei zur Biene

Die Königin legt ein Ei in eine Zelle (→ Seite 44). Nach 3 Tagen schlüpft aus dem Ei eine winzige Larve. Eine Arbeiterin füttert sie mit Futtersaft.

Die Larve wächst schnell. Ihre Haut wird zu eng. Deshalb streift sie ihre alte Haut mehrmals ab. Ab dem 6. Tag wird die Larve mit einem Gemisch aus Pollen und Honig gefüttert.

Nach 12 Tagen verpuppt sich die Larve: Sie spinnt sich einen dünnen Kokon. Darin entwickelt sich die Larve zur Biene.

Tag 21: Aus der Zelle kriecht die erwachsene Arbeitsbiene.

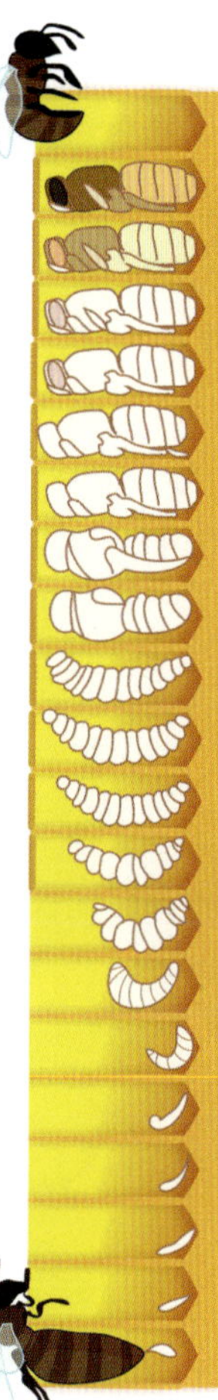

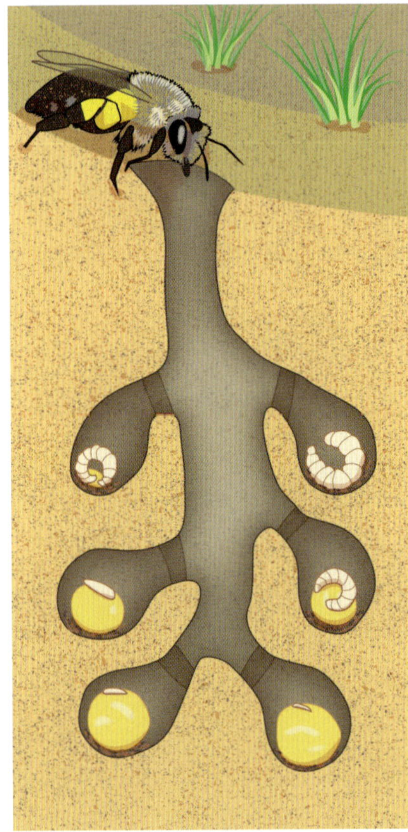

Eine Große Weiden-Sandbiene mit ihrem Nest in der Erde

Die Nester der Wildbienen

Die meisten Bienen legen ihre Nester im Boden an. Dazu graben sie Gänge in die Erde. Ganz links siehst du, wie zum Beispiel das Nest der Großen Weiden-Sandbiene aussieht. Auch viele Hummeln richten ihre Nester unter der Erde ein. Gerne auch in kleinen Höhlen wie die von verlassenen Mäuse-Nestern.

Die Hummelkönigin legt die Eier in runde Kammern aus Wachs.

Diese Hummeln haben ihr Nest im weichen Moos gebaut. Die gelb-braunen Klumpen sind die Kammern aus Wachs.
In einer Kammer wachsen gleich mehrere Larven heran.

Manche Wildbienen bauen ihre Nester auch in schmalen, waagerechten Gängen. So zum Beispiel die Gehörnte und die Rostrote Mauerbiene. In den Gängen legen diese Bienen eine Brutkammer hinter der nächsten an – von innen nach außen. In jeder Kammer häuft die Bienenmutter einen Futterbrei aus Pollen und Nektar an. Ganz zum Schluss legt sie ein Ei dazu. Dann verschließt die Biene die Brutkammer mit einer Wand aus Lehm und Spucke. Am nächsten Tag legt sie dann auf der anderen Seite der Wand die nächste Brutkammer an.

Die Larven schlüpfen schon nach wenigen Tagen aus den Eiern. Sie ernähren sich von dem Futterbrei. Der ist nach 3–4 Wochen komplett verzehrt. Die Larven sind inzwischen mächtig gewachsen. Nun verpuppen sie sich in Kokons. Darin nimmt ihr Körper langsam die Gestalt einer Biene an. Den ganzen Winter über bleiben die Bienen in den Kokons liegen. Im Frühling ist dann endlich die Zeit zum Schlüpfen gekommen: Eine Biene nach der anderen nagt sich aus den Kammern hinaus ins Freie.

Hier siehst du die Kokons von Mauerbienen in einer Nisthilfe. In den Kokons verwandeln sich die Larven in Bienen. Jede Brutzelle ist mit einer Wand aus Lehm von der nächsten getrennt.

Die Honigbiene – ein Nutztier des Menschen

In der Natur bauen Honigbienen ihre Nester in kleinen Höhlen, zum Beispiel in hohlen Baumstämmen.

Die Biene war lange Zeit sogar das Wappentier der alten Ägypter und wurde in Stein verewigt – hier in der Säule eines Tempels.

Die Honigbiene und der Mensch

Der goldene Honig war lange Zeit die einzige Süßigkeit, die die Menschen kannten. Und deshalb war er ziemlich wertvoll. Schon die Steinzeit-Menschen gingen vor vielen tausend Jahren auf Honigjagd. Sie pirschten sich an die Bäume heran, in denen die Bienen ihre Nester gebaut hatten. Dann kletterten sie hinauf und stibitzten die Honigwaben.
Vor rund 6 000 Jahren siedelten die Menschen im alten Ägypten Honigbienen in Röhren aus Ton und Schilf an.

Sie ernteten den Honig, das Wachs und ein Harz, mit dem sie die Mumien einbalsamierten. Im Mittelalter wurden in vielen Klöstern Honigbienen gehalten. Mönche und Nonnen nutzten Honig zum Süßen der Speisen. Aus dem Wachs stellten sie Kerzen her.

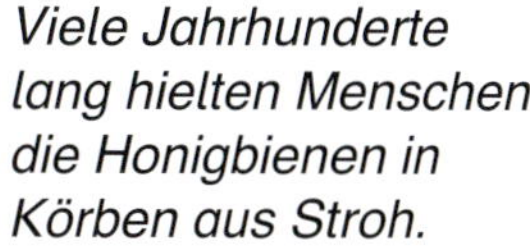

Viele Jahrhunderte lang hielten Menschen die Honigbienen in Körben aus Stroh.

Im Mittelalter gab es noch kein elektrisches Licht. Deshalb benötigten die Menschen große Mengen an Wachs für Kerzen.

Honigbienen leben heute meistens in Kästen aus Holz oder Kunststoff. Diese Kästen nennt man Beuten.

Diese Bienen hier waren schon fleißig! Siehst du die weiße Schicht? Das ist das Wachs, mit dem die Bienen die Honigzellen verschlossen haben.

Wie machen die Bienen Honig?

Honig herzustellen gehört zu den Aufgaben der Arbeiterinnen. Sie trinken den süßen Nektar in den Blüten. Der Nektar gelangt in ihre Honigblase (→ Seite 35). Wenn diese voll ist, fliegen die Bienen zurück zum Bienenstock. Dort pumpen sie den Nektar aus der Honigblase wieder hoch und geben ihn mit ihrem Rüssel an andere Arbeitsbienen weiter. Viele Male wandert der Nektar nun vom Rüssel einer Biene zum nächsten. Die Bienen schlucken ihn hinunter und spucken ihn aus. Immer und immer wieder.

Dadurch verändert sich der Nektar: Stoffe aus dem Körper der Bienen gelangen hinein. Außerdem wird ihm Wasser entzogen. So wird der Nektar immer dickflüssiger.
Die Bienen lagern den Nektar schließlich in offenen Zellen. Mit ihren Flügeln fächern sie ihm Luft zu. So kann noch mehr Wasser verdunsten.
Schließlich ist der Nektar zu Honig geworden. Die Bienen bringen ihn in ganz spezielle Lagerzellen. Diese überziehen sie mit einer Wachsschicht. Dadurch bleibt der Honig lange haltbar.

In einem Glas Honig steckt die Arbeit vieler, vieler Bienen.
Der Honig, den eine einzige Biene in ihrem ganzen Leben herstellt, passt locker in einen Teelöffel!

Honigbienen sammeln nicht nur Nektar, sondern auch süßen Honigtau. Das sind die klebrigen Ausscheidungen von Pflanzenläusen wie diesen Blattläusen hier. Daraus entstehen dunkle, flüssige Honigsorten wie Waldhonig oder Tannenhonig.

Regelmäßig schaut der Imker nach, wie weit die Waben mit Honig gefüllt sind. Beim Öffnen der Bienenstöcke lullt er die Bienen mit kleinen Rauchschwaden aus dem Smoker ein. Das ist das Gefäß vorne rechts im Bild. Der Rauch ist ein Gefahrensignal für die Bienen. Sie rüsten sich zur Flucht aus dem Bienenstock und füllen ihre Mägen mit Honig. Dadurch werden sie sehr friedlich. Der Imker kann nun in Ruhe die Rähmchen aus dem Bienenstock herausnehmen, ohne dass die Bienen ihn stechen.

Ein Besuch in der Imkerei

Imme ist ein altes Wort für Biene. Menschen, die Honigbienen halten, werden heute noch so ähnlich genannt: Imker und Imkerinnen. Sie kümmern sich um ihre Bienen. Im Frühling und Sommer sorgen sie dafür, dass die Bienen viele blühende Pflanzen finden. Dazu fahren sie die Bienenstöcke auch an weit entfernte Orte. Immer wieder schauen sie nach, ob die Bienen gesund sind. Wenn Schädlinge (➜ Seite 58) oder Pilze die Bienen befallen, behandeln sie die Bienen mit Medikamenten.

Die Honigernte

Das Rähmchen wird aus dem Bienenstock genommen.
Es ist dick mit Honig gefüllt und ganz schön schwer (1).
Zunächst werden mit einem Schaber die Wachsdeckel der Honigzellen entfernt. (2)
Dann kommt das Rähmchen in eine Honigschleuder.
Die Honigschleuder dreht sich und schleudert den Honig aus den Zellen. (3)
Unten aus der Schleuder fließt der Honig heraus. (4)
In einem Sieb werden noch Wachsreste abgefangen. Dann ist der Honig fertig!

Honig schimmert in vielen Farbtönen – und schmeckt immer ein bisschen anders.

Manche Menschen essen auch den Pollen der Bienen.

Bienenwachs ist ein Naturprodukt.

Honig, Wachs und mehr – Produkte von der Honigbiene

Honig

Flüssig oder cremig, weiß bis dunkelgold – es gibt ganz viele verschiedene Honigsorten. Welche Honigsorte im Glas landet, hängt davon ab, an welchen Pflanzen die Bienen den Nektar gesammelt haben. So gibt es zum Beispiel Akazienhonig, Rapshonig oder Lindenhonig.
Wenn du die Bezeichnung „Blütenhonig“ auf dem Etikett liest, dann ist das eine Mischung aus vielen verschiedenen Blütenarten.

Bienenwachs

Aus Bienenwachs werden auch heute noch Kerzen hergestellt. Außerdem ist das Wachs eine Zutat für viele andere Produkte. Zum Beispiel für Cremes, Seifen und medizinischen Salben. Und auch Gummibärchen sind oft mit einer hauchdünnen Schicht aus Wachs überzogen!

Andere Produkte

Manchmal werden auch andere Dinge von Bienen verkauft, zum Beispiel:

- Pollen
- Futtersaft der Königinnen
- Harz von den Bienen

Honig ist ein altes Heilmittel und lindert Entzündungen. Wenn du Halsschmerzen hast, probiere warme Milch oder Kräutertee mit etwas Honig aus. Der Honig wirkt nicht nur gegen die Bakterien, sondern legt sich auch wie ein Film über die schmerzenden Stellen. Doch Achtung: Die Getränke dürfen wirklich nur warm und nicht heiß sein. Denn bei Hitze werden die heilsamen Stoffe im Honig zerstört.

Dieser Honig kommt aus Deutschland.

NBB

Wissen

Qualitätssiegel

Ehe du ein Glas Honig kaufst, wirf einen Blick auf das Etikett: Wo kommt der Honig hier? Mit dem Kauf von deutschem Honig unterstützt du die Imkerinnen und Imker in Deutschland. Ein Bio- oder Fair-Trade-Zeichen zeigt dir, dass der Honig möglichst umweltfreundlich hergestellt und fair gehandelt wurde. Honig aus Nicht-EU-Ländern solltest du besser im Regal stehen lassen, denn meistens kommt er von weit her. Für das Klima und die Umwelt ist es besser, wenn du Honig von einer Imkerei kaufst, die in deiner Nähe liegt.

Bienen sind in Gefahr!

Die Varroa-Milbe setzt sich auch auf die Larven.

Die meisten Kuckucksbienen legen ihre Eier nicht einfach in irgendein Bienennest. Vielmehr sind sie auf bestimmte Arten spezialisiert. So auch diese Wespenbiene hier: Sie schmuggelt ihre Eier in die Nistgänge von Sandbienen.

Feinde der Bienen

Bienen haben in der Natur viele Feinde.
Einige siehst du auf der rechten Seite. Zu ihnen gehören zum Beispiel Vögel und Spinnen, aber auch Insekten und Milben.

Die Varroa-Milbe

Die Varroa-Milbe ist so winzig wie der Punkt auf einem i. Trotzdem ist die Varroa-Milbe für Honigbienen sehr gefährlich. Oft breitet sie sich im ganzen Bienenstock aus und macht die Bienen krank. Sehr viele Honigbienenvölker sterben jedes Jahr durch diese Milbe.

Kuckucksbienen

Kennst du den Kuckuck, der seine Eier in fremde Nester legt? Viele Wildbienen machen es ganz genauso: Heimlich schmuggeln sie ihre Eier in die Nester von anderen Bienen. Sobald die Larven der Kuckucksbienen geschlüpft sind, verspeisen sie das Ei oder die andere Bienenlarve. Die Kuckuckslarven ernähren sich vom Pollenvorrat und wachsen in den Brutzellen heran. Anstelle der Bienen, für die das Nest gebaut wurde, schlüpfen die Kuckucksbienen aus dem Nest.

Die Feinde der Bienen: Bienenfresser, Feld-Sandlaufkäfer, Zauneidechse, Krabbenspinne, Gartenspitzmaus, Bienenkäfer, Kohlmeise, Hornisse, Heidelibelle. Kannst du die Tiere den Bildern zuordnen? (Lösung → Seite 71).

Auf solchen riesigen Feldern, wo nur eine Pflanzenart wächst, finden Bienen keine Nahrung.

Ein öder Steingarten ohne Blumen lockt weder Bienen noch andere Tiere an.

Gefahr durch den Menschen

Sind Bienen durch Menschen bedroht? Ja und nein.

Die Honigbiene, an die viele Menschen immer zuerst denken, ist nicht bedroht. Ganz im Gegenteil: Honigbienen zu halten ist für viele Menschen zu einem beliebten Hobby geworden.

Doch ganz anders sieht es bei den Wildbienen aus. Fast jeder zweiten Wildbienenart, die bei uns bei uns in Deutschland heimisch ist, geht es schlecht. Das heißt, sie ist entweder stark gefährdet oder sogar vom Aussterben bedroht.

Die Wildbienen brauchen unseren Schutz – und zwar dringend!

Ihr größter Feind ist der Mensch. Er hat die Natur so verändert, dass viele Lebensräume für Wildbienen verschwunden sind. Das Leben vieler Wildbienen spielt sich in einem sehr kleinen Umkreis von wenigen hundert Metern ab. Wenn die Bienen nun hier keine geeignete Nahrung, keinen Nistplatz oder kein Material zum Nestbau mehr finden, können sie nicht überleben.

In den Bildern siehst du, dass es viele Gefahren für Bienen gibt.

Durch den Bau von Straßen, Brücken und Häusern werden immer mehr Lebensräume von Bienen zerstört.

Große Straßen werden zu unüberwindbaren Hindernissen. Hier können die Bienen nicht von einer Seite zur anderen fliegen.

NBB Tipp

Möchtest du den Bienen helfen?
Dann blättere weiter auf → Seite 63.

Viele Bauern besprühen ihre Felder mit Pestiziden. Die Pestizide schützen Pflanzen, sind aber oft hochgiftig für Bienen und andere Insekten.

Projektideen und Spiele

Bienen beobachten

Bienen kannst du am besten an einem sonnigen, warmen und möglichst windstillen Tag beobachten. Such einen Ort auf, wo reichlich Pflanzen blühen: zum Beispiel eine bunte Blumenwiese, blühende Brombeersträucher oder Apfelbäume. Horche zunächst einmal: Summt es hier? Dann schau genau hin: Zu welchen Blüten fliegen die Bienen? Wähle eine oder mehrere Blüten aus und steh ganz still. Warte eine kleine Weile ab und schau genau: Landet hier eine Biene? Wie sieht sie aus? Ist sie vielleicht pummelig und dicht behaart wie eine Hummel? Oder ähnelt sie eher der braunen Honigbiene? Vielleicht ist ihr Pelz schon mit Pollen bepudert? Oder trägt sie gelbe Pollenhöschen an den Hinterbeinen? Wie bewegt sich die Biene? Und was macht sie auf der Blüte?

Wildbienen lassen sich auch gut an Nisthilfen beobachten. Vielleicht gibt es in deiner Nähe schon eine, an der die Bienen-Weibchen eifrig ein und aus fliegen? Sie sammeln Futter und Material, um die Nester für die Larven gemütlich einzurichten. Vielleicht siehst du, dass einige Bienen kleine Lehm-Bröckchen oder kleine Pflanzenstücke in der Luft vor sich hertragen? Das ist das Baumaterial für die Brutzellen!

Bienentränke

In heißen Sommern lassen sich Bienen auch gut an Pfützen oder anderen Wasserstellen beobachten. Sind diese ausgetrocknet, kannst du den Bienen helfen und eine Bienentränke bauen. Lege einfach einige flache Steine in eine Schale und fülle etwas Wasser hinein. Stell die Schale auf einen Tisch auf dem Balkon oder in den Garten. Bestimmt kannst du schon bald Bienen oder andere Insekten beobachten, die hier ihren Durst stillen.

Ein bienenfreundlicher Balkon oder Garten

Wildbienen ein Zuhause in deinem Garten oder auf dem Balkon anzubieten ist gar nicht besonders schwer. Oft klappt das sogar mitten in der Stadt. Damit die Bienen bei dir vorbeischauen und vielleicht sogar ihre Nester bauen, brauchen sie 3 Dinge:
Futterpflanzen,
einen Ort zum Nisten,
Material zum Nestbau.

Nektar- und pollenreiche Pflanzen

Nur weil eine Blüte in bunten Farben leuchtet, bedeutet das nicht, dass die Bienen darin Nahrung finden. Denn viele Blumen wurden so gezüchtet, dass ihre Blüten gefüllt sind: Anstelle des Pollens befinden sich in der Mitte weitere Blütenblätter.

Doch welche Pflanzen sind für Bienen gut geeignet? Tolle Bienenpflanzen für den Frühling sind zum Beispiel Frühblüher wie Traubenhyazinthen, Krokusse, Wildtulpen und Nickender Blaustern. Viele Bienen naschen auch gerne an den Blüten von Küchenkräutern wie Lavendel, Rosmarin, Muskateller-Salbei, Dill, Schnittlauch, Ysop und Kapuzinerkresse. Ebenso nützlich sind Sträucher, die leckere Früchte tragen, wie Himbeeren und Brombeeren. Auch Blüten von Kletterpflanzen wie Efeu oder Wildem Wein werden von Bienen gerne besucht. Das gilt auch für viele andere Blumen wie Astern, Disteln und Glockenblumen.

Eine Internetadresse mit Tipps für viele weitere tolle Bienenpflanzen findest du auf → Seite 72.

Die Traubenhyazinthe ist eine der ersten Blumen, die im Frühjahr blühen. Hier finden viele Bienen Nahrung.

Blühende Bienenecken einrichten

Viele dieser Pflanzen kannst du in Blumenkästen oder Kübel setzen. Wenn du einen großen Garten hast, kannst du auch eine kleine Bienenecke einrichten und dort ein Beet mit bienenfreundlichen Wildstauden anlegen. Schau, dass du viele unterschiedliche Pflanzen in die Erde setzt, damit verschiedene Bienenarten dort Nahrung finden. Und wähle die Pflanzen möglichst so aus, dass vom Frühling bis in den Herbst hinein immer etwas blüht. So finden alle Bienen immer etwas zu naschen, egal in welchen Monaten sie aktiv sind.
Und sei nicht traurig, wenn nicht auf Anhieb alles klappt. Oft dauert es ein bisschen, bis die Bienen überhaupt merken, dass bei dir so köstliche Pflanzen blühen. Du wirst sehen: Das Ausprobieren macht einfach Spaß und du wirst immer wieder neue spannende Dinge entdecken!

Um Bienen zu schützen, brauchst du nicht unbedingt einen großen Garten. Selbst auf einem kleinen Balkon ist Platz für viele leckere Bienen-Pflanzen!

Nistplätze schaffen

Wildbienen brauchen geeignete Plätze zum Nisten. Solche kannst du ganz einfach in deinem Garten anlegen.

Du brauchst:

- Sand
- größere Kieselsteine
- Schaufel
- dicke Äste
- Brombeer- oder Himbeerranken
- Gartenschere

So geht's:

Für Bienen, die in der Erde nisten, kannst du einen kleinen Sandhaufen aufschütten. Auf den lege einige größere Kieselsteine. Wenn du nicht viel Platz hast: Ein mit Sand gefüllter Blumenkasten tut es auch.

Andere Bienen bauen ihre Nester in altem Holz. Für diese Bienen kannst du einige dicke Äste aufstellen oder aufeinanderstapeln.
Manche Bienen nisten auch in senkrechten, markhaltigen Stängeln. Stecke für sie lange Brombeer- oder Himbeerranken an verschiedenen Stellen fest in den Boden. Lass deine Eltern die Ranken oben mit einer Heckenschere anschneiden, sodass das Mark zu sehen ist. Dort hinein nagen die Bienen dann mit ein bisschen Glück ihre Nistgänge. Lass diese Ranken auch im Winter stehen, denn der Bienen-Nachwuchs schlüpft erst im nächsten Jahr!

Material zum Nestbau anbieten

Ihre Nistgänge kleiden die Wildbienen mit ganz unterschiedlichen Materialien aus. Manche Bienen tapezieren sie mit Blättern von ganz bestimmten Pflanzen. Andere Bienen bauen ihre Nester mit Lehm, Erde, kleinen Steinen oder Sand aus. Für diese Arten kannst du diese Materialien in kleine Blumentöpfe legen und im Sommer leicht feucht halten.

In dieser Nisthilfe sind die großen Röhrchen unten noch unbewohnt. Oben haben aber verschiedene Bienen ihre Brutkammern schon verschlossen. Erkennst du, welche Materialien die Bienen benutzt haben? Schau im Laufe des Jahres immer wieder nach: Ziehen hier Bienen oder andere Insekten ein?

Eine Nisthilfe aus Röhrchen

Diese Anleitung eignet sich für Bienen, die ihre Nester in waagerechten Gängen bauen wie die Rostrote und die Gehörnte Mauerbiene.

Du brauchst:

- 1 etwas größere Dose
- hohle Röhrchen aus Schilf, Bambus oder Pappe (Durchmesser 2–10 Millimeter)
- Säge
- Schleifpapier
- Watte
- Holzstäbchen

So geht's:

Lass dir von deinen Eltern die Röhrchen auf die Länge der Dose zurechtsägen. Splitter an den Enden schmirgelst du mit Schleifpapier glatt. Wenn noch etwas Mark in den Stängeln ist, pule es mit einem Stäbchen heraus.

Stopfe in das Ende von jedem Röhrchen etwas Watte, sodass es gut verschlossen ist. Stecke die Röhrchen dann nebeneinander in die Dose, bis sie voll ist und alle Röhrchen ganz fest sitzen. Wichtig: Die Enden mit der Watte müssen unten am Boden der Dose sein!

Jetzt kannst du draußen einen Platz für die Nisthilfe suchen. Dieser sollte sonnig und vor Wind und Regen geschützt sein, wie zum Beispiel eine leicht überdachte Hauswand. Die Nisthilfe sollte nicht direkt auf dem Boden stehen und auch nicht frei in der Luft baumeln. Nun kannst du abwarten, was passiert. Vielleicht legen bald schon die ersten Bienen in deiner Nisthilfe ihre Brutkammern an?

Die Nisthilfe kann das ganze Jahr über im Freien bleiben. Kalte und sogar eisige Temperaturen machen den Bienen in den Nistgängen überhaupt nichts aus: Sie haben eine Art Frostschutzmittel im Blut. Wenn du die Nisthilfe bei kalten Temperaturen ins warme Haus holen würdest, würden die Bienen schon bald schlüpfen und kurz darauf sterben, weil sie keine Nahrung finden.

Eine Nisthilfe aus Holz

Bienen wie die Rostrote und die Gehörnte Mauerbiene nisten auch gerne in Gängen, die in Holz gebohrt werden.

Du brauchst:

- kleine Hartholz-Blöcke (Buche, Esche oder Eiche)
- Bohrmaschine
- Schmirgelpapier

So geht's:

Lass deine Eltern im Abstand von mindestens 2 Zentimetern mit der Bohrmaschine unterschiedlich dicke Löcher (Durchmesser 2–10 Millimeter) in das Holz bohren.
Wichtig: Der Holzblock darf dabei nicht ganz durchbohrt werden, da die hinteren Teile der Nistgänge verschlossen sein müssen.
Außerdem sollten die Löcher nur in die Längsseite und nie in die Querseite (runde Baumscheiben) gebohrt werden.
Reibe zum Schluss die ausgefransten Bohrlöcher mit Schmirgelpapier ab, damit sich die Bienen nicht daran verletzen.

Die mit Erde und Lehm zugemauerten Nistgänge zeigen: Die schmaleren Nistgänge dieser Nisthilfe werden gut angenommen.
Hinter den verschlossenen Wänden entwickelt sich der Bienen-Nachwuchs.

Summende Biene

Die Bienen summen, weil sie mit ihren Flügeln die Luft zum Schwingen bringen. Mit dieser Biene kannst du das auch!

Dafür brauchst du:

- 1 Wäscheklammer aus Holz
- 1 Luftballon
- 1 Korken
- Schnur
- dünne Pappe
- Schere, Kleber, Messer und Buntstifte

Tipp: Am besten klappt das Basteln mit Heißkleber. Das sollte aber nur jemand mit Erfahrung machen.

So geht's:

Male oder kopiere die Biene auf die Pappe und schneide sie aus. Schneide von der Schnur ein ungefähr 1 Meter langes Stück ab. Entferne dann bei der Wäscheklammer die Metallfeder. Lege die beiden Hälften der Wäscheklammer umgedreht aneinander. Stecke nun die Biene und ein Ende der Schnur zwischen die beiden Hälften und klebe alles miteinander fest. Schneide von dem Korken eine etwa 1 Zentimeter dicke Scheibe ab und teile sie in der Mitte durch. Klebe dann die beiden Halbkreise außen an die Wäscheklammer. Schneide zum Schluss vom Hals des Luftballons einen Gummiring aus und spanne ihn um die Klammer. Er sollte ganz fest sitzen und keine Falten werfen. Fertig ist die Biene!

Nun kannst du ausprobieren, wie du deine Biene am besten zum Summen bringst. Nimm das Ende der Schnur und lass sie ganz schnell in der Luft kreisen. Pass auf, dass du genug Platz hast und keiner in deiner Nähe steht.

Summt sie, deine Biene?

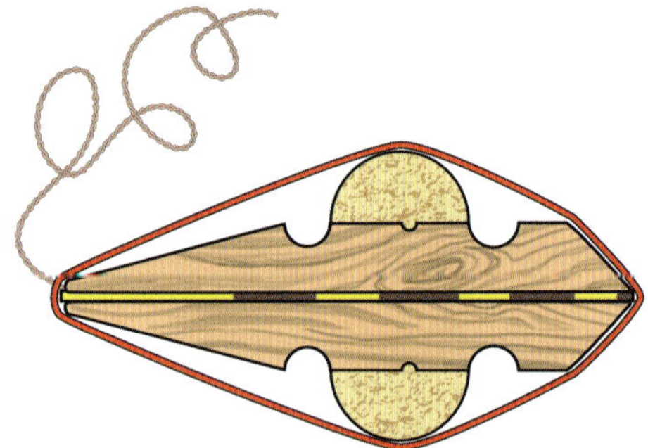

Lied: „Flotte Biene“

Ich bin ne flotte Biene
Und flieg durch unsre Welt.
Ich bin so gerne Biene,
weil die Welt mir gut gefällt.

Ich liebe alle Blumen.
Ich sammle Pollenkrumen.
aus ihren Blüten ein
und bring den Nektar heim.

Entdeck ich eine Wiese
mit Blumen schön wie diese,
ein Tänzchen ich hinleg
zeig allen so den Weg.

Summ, summ, summ, summ,
summ, summ, summ, summ.
Summ, summ, summ, summ,
suuuuuuum.

Ich bin ne flotte Biene
Und flieg durch unsre Welt.
Ich bin so gerne Biene,
weil die Welt mir gut gefällt.

Ich liebe meine Wabe,
da weiß ich, was ich habe.
Dort lagern wir den Honig.
Für wen? Na, Mensch, für dich!

Die Königin legt Eier,
gar tausende, o weia!
Fast alle Bienen hier,
die stammen ab von ihr!

Summ, summ, summ, summ,
summ, summ, summ, summ.
Summ, summ, summ, summ,
suuuuuuum.

Ich bin ne flotte Biene
Und flieg durch unsre Welt.
Ich bin so gerne Biene,
weil die Welt mir gut gefällt.

Ihr Menschen mögt mich gerne,
wie Süßes oder Sterne.
Und weil die Welt mich braucht,
beschützt mich bitte auch.

Das Lied kannst du dir im Internet anhören. Sing und summe mit!
Und vielleicht hast du ja auch Lust, dazu zu tanzen – wie die Honigbienen!

Bienen-Quiz

Bist du jetzt eine Bienen-Expertin oder ein Bienen-Experte? Dann teste dein Wissen in diesem kleinen Quiz. Viel Spaß!

1. Welche Biene gibt es nicht?

○ Blauschwarze Holzbiene (M)
○ Zottelige Waldbiene (K)
○ Gehörnte Mauerbiene (L)

2. Wie schnell kann eine Honigbiene fliegen?

○ bis zu 5 km/h (A)
○ bis zu 15 km/h (O)
○ bis zu 30 km/h (F)

3. Welche Bienen bauen Brutkammern aus Wachs?

○ Hummeln (G)
○ Mauerbienen (R)
○ Honigbienen (E)

4. Wo sammeln die Bienen den Pollen?

○ In der Bauchbürste (L)
○ In Pollenhöschen (B)
○ In Nektarlätzchen (N)

5. Welche Pflanzen mögen Bienen am liebsten?

○ Tannenbäume (E)
○ Blüten mit viel Nektar und Pollen (I)
○ Getreidepflanzen wie Weizen und Roggen (A)

6. Wie entsteht das Summen der Bienen?

○ Durch ihren Flügelschlag (E)
○ Sie vibrieren mit ihrer Zunge (U)
○ Sie reiben die Vorderbeine aneinander (O)

7. Worüber freuen sich Bienen?

○ einen Garten mit vielen Vögeln (T)
○ Blüten mit viel Nektar und Pollen (N)
○ Regenwetter (S)

8. Was können Bienen sehen?

○ Alles außer ultraviolettem Licht (R)
○ Muster auf Blüten, die für uns unsichtbar sind (E)
○ Die Farbe Rot (N)

Tipp: Manchmal sind mehrere Antworten richtig!

Lösung:

Das ist eine ____________________ .

Impressum, Literatur, Bildnachweise

Impressum

ISBN: 978-3-89432-871-9
Grafiken: Daniela Veit, Dresden
Satz und Layout: ISM Satz- und Reprostudio GmbH, München
Druck und Bindung: Akontext s.r.o, Prag

Lösungen

S. 59: 1 Heidelibelle, 2 Kohlmeise, 3 Bienenkäfer, 4 Zauneidechse, 5 Krabbenspinne, 6 Hornisse, 7 Feld-Sandlaufkäfer, 8 Bienenfresser, 9 Gartenspitzmaus,
S. 70: Bienenquiz: Kegelbiene

Über die Autorin

Teresa Zabori arbeitet als freie Autorin und Redakteurin in Düsseldorf. Der erste Impuls, sich mitten in der Großstadt mit Bienen zu beschäftigen, kam vor einigen Jahren durch das Projekt „Summende Lernorte für NRW" der Natur- und Umweltschutz-Akademie NRW (NUA) zustande. Seitdem hat sie viele Texte für Kinder und Erwachsene über Bienen geschrieben und ihren Balkon bienenfreundlich umgestaltet. Gespannt wartet sie jedes Jahr im Frühling darauf, dass wieder die ersten Wildbienen ihre Köpfchen aus den Nisthilfen stecken.
Sie freut sich über alle, die mitmachen und ihren Balkon oder Garten zum Summen bringen.

Dieses Projekt wurde gefördert mit einem Stipendium der VG WORT im Rahmen von NEUSTART KULTUR.

Literatur

Mellifera e. V. (Hg.) (2017): Bienen machen Schule. Mit Kindern und Jugendlichen die Welt der Bienen entdecken. – Rosenfeld (Mellifera e. V.)
Weiß, K. (1997): Bienen und Bienenvölker. – München (Verlag C. H. Beck)
Westrich, P. (2015): Wildbienen. Die anderen Bienen. – München (Verlag Dr. Friedrich Pfeil)

Nützliche Links

http://www.wildbienen.de/
https://www.wildbienen.info/
https://www.deutschland-summt.de/
https://wildbee.ch/erlebniswerkstatt
(ab S. 373: Liste mit bienenfreundlichen Pflanzen)
https://deutscherimkerbund.de/

Bildnachweise

Haselböck, Andreas (www.naturspaziergang.de): S. 20/1.
iStockphoto © www.istockphoto.com: Cover gr.: Sander Mertins; Cover kl. li: Christian Sturzenegger; Cover kl. Mi: FCerez; Cover kl. re: manfredxy; S. 2: kojihirano; S. 4: @jansmartino; S. 5: FCerez; S. 6: Sebastian Frank; S. 9: Andreas Häuslbetz; S. 10/1: anrivona; S. 10/2: fermate; S. 11/1: GANNAMARTYSHEVA; S. 11/2: HHelene; S. 11/3: marcouliana; S. 12: ShaftInAction; S. 13/1: Antrey; S. 14 gr.: CoreyFord; S. 14 kl.: Ale-ks; S. 16: Lorenza Marzocchi; S. 17/1: NataliaBulatova; S. 17/2: Natalia Kazarina; S. 20/2: Pedro_Turrini; S. 20/3: Sander Meertins; S. 20/4: saraTM; S. 21: ClarkandCompany; S. 23: darios44; S. 24/1: Christian Sturzenegger; S. 24/2: lillitve; S. 25/1: Cavan Images; S. 25/2: Spitzt-Foto; S. 26/1: Tilen Josar; S. 26/2: FCerez; S. 27: Sazonoff; S. 28: Andreas Häuslbetz; S. 31: Kristen Hilderbrand; S. 32/1: Sergei Dolgov; S. 33: DanielPrudek; S. 34/1: Serg_Velusceac; S. 34/2: Janina Voskuhl; S. 36: fotojog; S. 37/1: Morven Marsh; S. 39/1: Janina Voskuhl; S. 39/2: Nathaniel Taylor; S. 41/1, 2: Tsekhmister; S. 41/3: Jpr036; S. 44: William Jones-Warner; S. 45/1: MaYcal; S. 45/2: NinaHanry; S. 47: DiyanaDimitrova; S. 48/2: witoldkr1; S. 49: Jana Richter; S. 50/1: ViktoriiaNovokhatska; S. 50/2: BlancaVidal; S. 51/1: SonerCdem; S. 51/2: Animaflora; S. 51/3: Ekaterina Kobalnova; S. 52: BreakingTheWalls; S. 53/1: samuel Howell; S. 53/2: nitrub; S. 54: Kerkez; S. 55/1: DERO2084; S. 55/2,3,4: lantapix; S. 56/1: Nadiya Senko; S. 56/2: Alexandra Lorenz; S. 56/3: vovashevchuk; S. 58/1: OK-Photography; S. 58/2: grandaded; S. 59/1: Rosemarie Kappler; S. 29/2: fotooxotnik; S. 59/3: Thomas Marx; S. 59/4: nechaev-kon; S. 59/5: Dzophoto; S. 59/6: imortalcris; S. 59/7: Gucio_55; S. 59/8: Wim Hoek; S. 59/9: phototrip; S. 60/1: oticki; S. 60/2: geogif; S. 61/1: Thomas De Wever; S.61/2: carloscastilla; S. 61/3: fotokostic; S. 62/2: LightShaper; S. 62/3: Amelia Coffen; S. 63/2: Inna Dodor; S. 64: Dirk Vegelahn; S. 65/1: grandaded; S. 65/2: ian driscoll; S. 66: gabort71; S. 67/1: emer1940; S. 70: Nur Diana.
Sarefo, CC BY-SA 4.0: S. 25/3.
Zabori, Teresa: S. 7, 42, 43, 57, 62/1, 67/2, 68.
Zückler, Hannah: S. 71.